童話實用文

編　著：謝煒珞 張屹晗 陳美珠
繪　圖：蘇小泡

商務印書館

童話實用文

作　　者：謝煒珞　張屹晗　陳美珠

繪　　圖：蘇小泡

責任編輯：鄒淑樺

封面設計：張　毅

出　　版：商務印書館 (香港) 有限公司

　　　　　香港筲箕灣耀興道 3 號東滙廣場 8 樓

　　　　　http://www.commercialpress.com.hk

發　　行：香港聯合書刊物流有限公司

　　　　　香港新界荃灣德士古道 220−248 號荃灣工業中心 16 樓

印　　刷：中華商務彩色印刷有限公司

　　　　　香港新界大埔汀麗路 36 號中華商務印刷大廈

版　　次：2023 年 3 月第 1 版第 3 次印刷

　　　　　© 2017 商務印書館 (香港) 有限公司

　　　　　ISBN 978 962 07 0509 0

　　　　　Printed in Hong Kong

目錄

1. 老鼠寫信 書信 1

2. 貓鼠一家親 邀請函 21

3. 醫院驚魂 留言條（便條）32

4. 波斯貓阿姨的日記 日記‧週記 46

5. 香噴噴的杯子蛋糕 説明書 55

6. 朋友的慰問 慰問卡 67

7. 金貓長老退休 通告 74

8. 新長老就任典禮 建議書 81

9. 百靈鳥演唱會 海報 91

10. 田鼠兄弟搬救兵 單張 101

11. 誰是代言人 演講稿 110

12. 皆大歡喜 公告 120

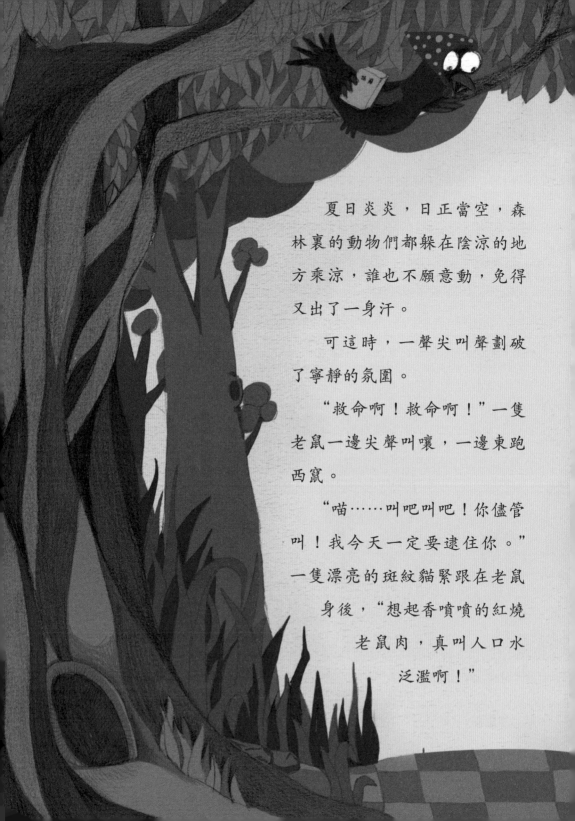

　　夏日炎炎，日正當空，森林裏的動物們都躲在陰涼的地方乘涼，誰也不願意動，免得又出了一身汗。

　　可這時，一聲尖叫聲劃破了寧靜的氛圍。

　　"救命啊！救命啊！"一隻老鼠一邊尖聲叫嚷，一邊東跑西竄。

　　"喵……叫吧叫吧！你儘管叫！我今天一定要逮住你。"一隻漂亮的斑紋貓緊跟在老鼠身後，"想起香噴噴的紅燒老鼠肉，真叫人口水泛濫啊！"

說完又繞着大榕樹走了兩圈，直到確定已無計可施，才悻悻然離開。

老鼠等了好一會兒，才悄悄把頭探出洞外，張望了好久都沒瞧見貓影，才鬆了一口氣。

"我說，你這樣也實在不是辦法？"突然上面傳來一陣歎息聲。

老鼠嚇了一跳，抬頭一看："啊！是烏鴉婆婆您呀！"

"嗯！我看你整天這樣躲躲藏藏、心驚肉跳的，日子哪能過得好啊？"烏鴉婆婆憐憫地看着老鼠。

"我也不想

這樣⋯⋯可是，您知道，我們是天敵，哪隻貓不捉老鼠呢？"老鼠皺着眉頭，無奈地說。

"你找貓先生談一談吧！也許他願意和你和平共處。"烏鴉婆婆建議道。

"天啊！我哪敢？他要是一口把我吃了怎麼辦？"老鼠瞪大雙眼，驚叫道。

"這樣啊⋯⋯"烏鴉婆婆歪着腦袋想了想，說，"要不，你給他寫封信吧！"

"呀！這個主意好。我現在就寫信去。"說完，老鼠就一陣風似的跑回家去了。

第二天，老鼠拿了一張破破爛爛的紙，灰頭土臉地找烏鴉婆婆哭訴："我就知道沒用，您看，這壞貓用鋒利的貓爪子把我的信弄成這樣⋯⋯"

烏鴉婆婆仔細一看，忍不住歎氣了："你寫的是甚麼呀？"

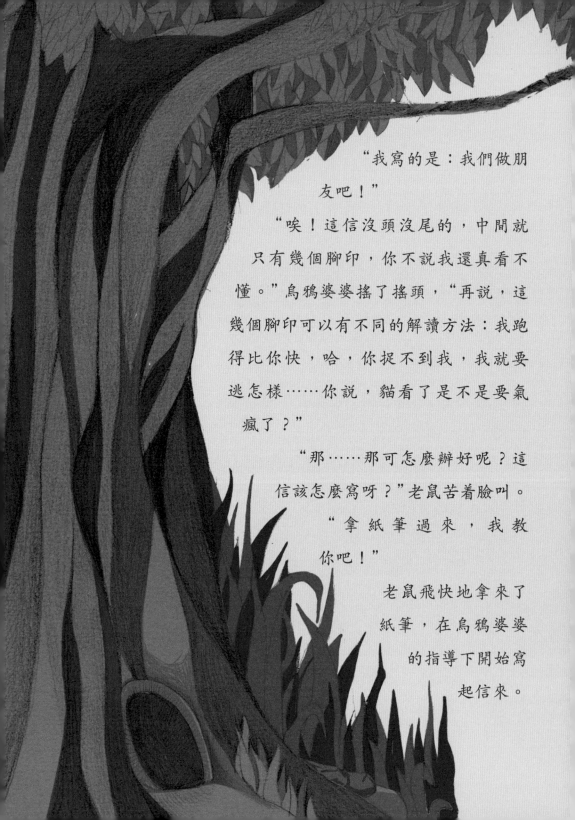

“我寫的是：我們做朋友吧！”

“唉！這信沒頭沒尾的，中間就只有幾個腳印，你不說我還真看不懂。”烏鴉婆婆搖了搖頭，“再説，這幾個腳印可以有不同的解讀方法：我跑得比你快，哈，你捉不到我，我就要逃怎樣……你説，貓看了是不是要氣瘋了？”

“那……那可怎麼辦好呢？這信該怎麼寫呀？”老鼠苦着臉叫。

“拿紙筆過來，我教你吧！”

老鼠飛快地拿來了紙筆，在烏鴉婆婆的指導下開始寫起信來。

你要寫信給斑紋貓，所以要先在第一行頂格寫上他的名字。

好，先寫上"壞貓"兩個字。

等等，這樣太沒有禮貌了，斑紋貓一看這兩個字就會把信撕了吧？哪還會看下去呢？

那……寫"貓先生"可以嗎？

可以。你只要記住：寫信給長輩及師長，不能直呼其姓名，因為這樣非常沒有禮貌；而寫信給平輩，也就是和自己差不多年紀的同學或朋友，則可直接用對方的名字；特別親密、要好的還可以寫昵稱。

我明白了。近親的長輩只寫稱謂，不寫名字，比如"爸爸"、"奶奶"、"嫂嫂"、"姨媽"、"姑丈"；其他的長輩通常只寫姓，再加稱謂，如"何阿姨"、"王叔叔"、"陳老師"、"周師傅"、"羅教授"；而同學、朋友就可以直接用名字。

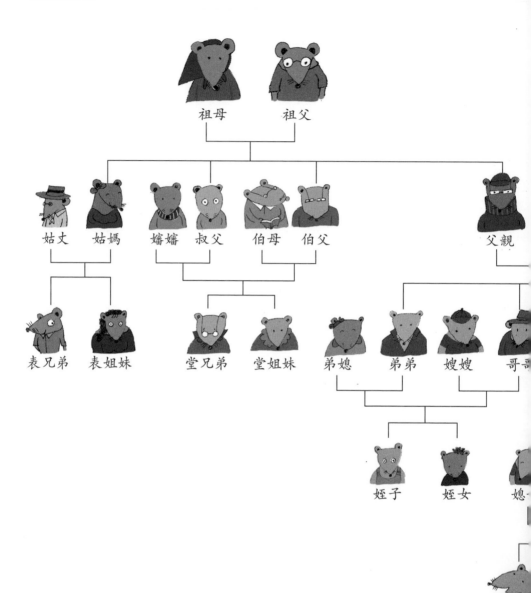

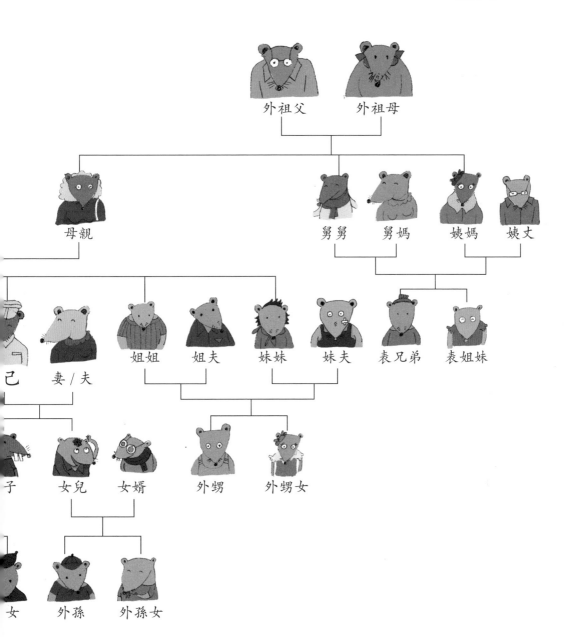

外祖父　　外祖母

母親　　　　　　舅舅　舅媽　　姨媽　姨丈

己　妻／夫　　姐姐　姐夫　妹妹　妹夫　表兄弟　表姐妹

子　女兒　女婿　　外甥　　外甥女

女　外孫　　外孫女

沒錯。有時候為了表示親近，我們會在稱呼的前面加上"親愛的"，比如寫給自己的好朋友或非常親密的人；有時候為了表示尊敬，我們會在稱呼的前面加上"敬愛的"或"尊敬的"，比如寫信給師長或長輩。

那好……為了表示友好，我就寫"親愛的貓先生"吧！

記得要在稱呼後面加上冒號。

嗯！加冒號。我寫完了。

老鼠搔頭想了想，又提起筆"刷刷刷"地寫了幾個字：

親愛的貓先生：
我們做朋友吧！

 還不行，這樣太簡單了。你想想，如果是你收到這麼一封信，你有甚麼感受？

哼！這人也太沒誠意了。

 就是！所以我們寫完收信人後，會在下一段寫問候語，比如"你好嗎？好久不見了。"或者說"很久沒聯繫了，近來一切可好？"還有"很久沒見了，我很想你"等等。
問候語要寫得簡潔、得體，千萬不要長篇大論的。

哦！先問候一下人家，接着才寫正文。

 對。正文就是要把你寫信的目的交代清楚。

嗯……就是把"我想和貓做朋友"這件事說清楚。對嗎？

 對。但為甚麼你想和貓先生做朋友呢？

因為我和貓先生做了三年的鄰居，從沒和平相處過，這種提心吊膽的生活我過膩了。而且，大家不都說"遠親不如近鄰"嗎？如果我們能互相幫助，有好東西一起分享……那生活就太美好了！

講得真好，這些都該寫進正文裏。注意了，正文是信的主體，可以分為若干段來書寫。寫信人在動筆之前，就應該把握好寫信的意圖，這樣才能做到有條有理、層次分明。

行。寫完正文要寫甚麼？

為了表示對收信人的敬意、祝願或勉勵，正文後要寫祝頌語。

我知道，就是寫"祝你健康"、"祝你愉快"、"祝你成功"……

哈哈……你學得挺快的嘛！不過，你要注意，祝願的話應該因人、因具體情況選用適當的詞，不能亂用。

比方說，寫信給老奶奶，你不能說"祝您學業進步"；寫信給還在讀書的弟弟，你不能說"祝你工作愉快"……

我懂了，中秋節寫的信不能說"祝新年快樂"，新年寫的信不能說"祝中秋節快樂"……

 那應該寫甚麼？

中秋節寫"祝中秋節快樂"、"祝闔家團圓"，新年寫"祝新年快樂"、"祝大吉大利"。

 再考考你。寫信給病人，祝頌語寫甚麼？

祝你早日康復！

 寫信給爺爺？

祝您身體健康！

 寫信給老師？

祝您工作愉快！

 寫信給同學？

 祝你學業進步！

 寫信給剛出社會工作的表姐？

 祝你萬事如意！

 真不錯！你已經能夠舉一反三了。那你知道祝頌語的書寫格式嗎？

 這……不是接着寫下去嗎？

 一般來說，祝頌語有兩種書寫方法。一種是在正文寫完之後，緊接着寫 "祝" 或 "祝你"，下一行頂格寫祝福的話。"

另一種是在正文結尾後另起一行寫 "祝你" 或 "敬祝"，下一行頂格寫祝福的話。

我了解了。寫完祝頌語要寫自己的名字，對嗎？

正確來說，是寫自稱和署名，明確自己和收信人的關係。比如寫給親屬，對應你們的關係，先寫自稱，如兒子、弟弟、堂兄、姪女等，後邊寫名字，不必寫姓。

嗯！自稱要和信首的稱謂相互吻合。

對。寫給長輩或師長，在署名之後還會加上"上"、"謹上"、"恭呈"等，以示尊敬。

好。那格式呢？

寫完祝頌語後空一行，再在下一行的靠右位置寫上自稱，然後自稱下方寫上署名。

對了，別忘了寫上日期，就寫在署名下面。

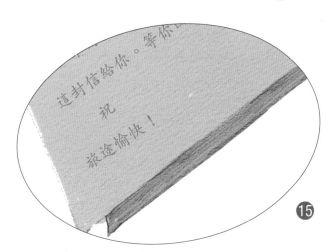

這封信給你。等你
祝
旅途愉快！

書信

　　凡是私人與私人、私人與團體、團體與團體之間需要以書面的形式互通資訊，就可以通過書信來溝通。**書信的格式**是這樣的：

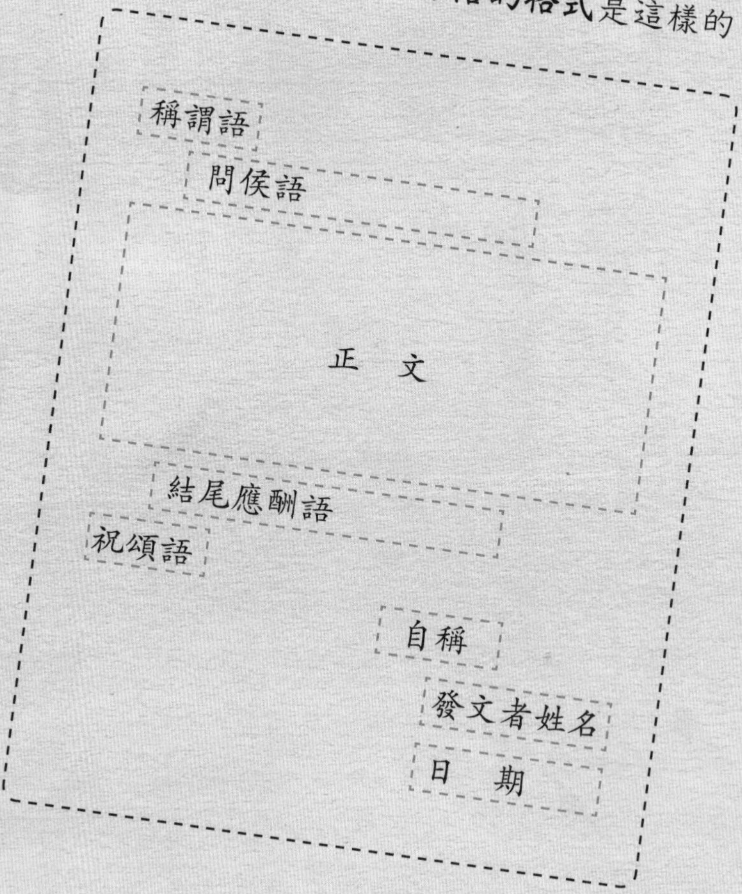

稱謂語

　問侯語

正　文

結尾應酬語

祝頌語

自稱

發文者姓名

日　期

寫書信要注意以下幾點：

1. 搞清楚**寫信人**和**收信人**的關係，這樣
   稱謂語及自稱才不會寫錯；

2. 關係不同用詞也會不同；

3. 信的**開頭**要有禮貌地問候人家或者表示
   一下思念；

4. **正文**部分要把想說的事情或感受交代清楚；

5. **正文結束以後**，通常會加上一兩句話
   作結，如囑咐對方珍重、表示等候對方
   回覆或者問候其家人等；

6. 信末**祝頌語**用來向對方表示祝禱或
   者請安，簡單的就行，如祝願對方生活
   愉快、身體健康一類；

7. **署名**和**日期**是書信不可缺少的部分，而
   且在名字前面都要先寫上自稱。

森林大道13街333號

貓宅2樓201室

斑紋貓　先生收

森林大道13街332號地底3層　老鼠

　　烏鴉婆婆仔細地翻閱老鼠的筆記，然後笑着點了點頭：
"好！好！寫得很有條理，我相信你一定能寫出一封像樣
的信。"

　　"沒錯，我一定可以的。聽說斑紋貓旅行去了，我有幾天
清靜的日子慢慢想，慢慢寫。"老鼠告別烏鴉婆婆，迫不及
待地回家寫信去了。

　　過了幾天，斑紋貓從峇里島渡假回來，打開信箱，收到
了這麼一封信：

　　"老鼠寄信給我？不可能吧？"貓先生翻弄着信封，自言
自語道，"難道是宣戰來了？"他拿出信仔細閱讀起來：

親愛的貓先生：

　　你好！

　　這幾天你去旅行，家裏清靜多了。

　　我們當了三年鄰居，也爭吵了三年。每天玩貓捉老鼠的遊戲，你不累，我可累得很。這幾天你不在，我認真地想了想，我們繼續這樣下去實在不是辦法。大家都說“遠親不如近鄰”，意思就是說鄰居很重要，和鄰居的關係好，遇到困難可以互相幫助；和鄰居關係不好，生病了也沒人照顧，你說多可憐啊！我們當朋友吧！你說好不好？

　　不好意思，實在沒勇氣當面跟你說，所以特地寫這封信給你。等你回信。

　　祝

旅途愉快！

你的鄰居

老鼠

八月二十日

貓鼠
一家親

斑紋貓收到老鼠的信後，馬上召開了一個家族會議。會議上，眾貓對貓和老鼠是否應該和好一事意見不一。大家爭相發言，整個議事廳鬧哄哄的。

"我們是死敵，哪可能和平共處？"

"為甚麼不行？時代在進步，我們也應該改變。"

"說得對，現在我們不吃老鼠，還可以吃魚和貓糧啊！"

"可我想起和老鼠一起玩的情景就起雞皮疙瘩……"

"我也是，我怕我會忍不住咬他們。"

"唉！你們別這樣……"

"就是。大家是鄰居，整天吵吵鬧鬧的，煩死了！"

……

就在大家七嘴八舌、議論紛紛時，金貓長老開口說話了："好了，大家別吵！雖然說貓和老鼠一向不對盤，可是也沒甚麼深仇大恨。現在老鼠提出了和解的要求，正好是個機會讓大家好好思考一下——到底是要交個朋友，還是要永遠仇視下去。"

"當然要和解，多一個朋友比多一個敵人好。"

"我覺得沒這必要，因為我們比老鼠強，他們永遠贏不了
我們。"

"我們不需要答應手下敗將的任何要求。"

"我希望大家能和好，這種你逃我追的遊戲我已經厭
煩了。"

……

"啪啪啪……"見大夥兒一直爭執不下，金貓長老拍掌示

意大家安靜：“大家知道為甚麼我們那麼仇視老鼠嗎？”

大家你看看我，我看看你，異口同聲地說：“不知道。”

金貓長老歎了口氣，說道：“起因是一塊乳酪。”

“乳酪？”眾貓譁然。

“沒錯。在很久以前，貓和老鼠比鄰而居，關係挺好。可是，有一次大家在分乳酪時起了爭執。”金貓長老將事情娓娓道來，“當時一共有五塊乳酪，兩族各得兩塊後，剩下的一塊對半分。只是，這一刀切下去，變成了一大一小兩塊。大家還沒說好怎麼處理，一隻嘴饞的小老鼠就往大的那一塊咬了一口，這下子貓族群情激憤，當下和鼠族反了臉，以後更是見了老鼠就咬……”

眾貓聽了一下子都呆了。兩族竟然為了一塊毫不起眼的乳酪反目成仇，這實在……教人無言以對。

這時，一直沒說話的斑紋貓清了清嗓子，開口說道："各位，既然了解了原因，我覺得我們應該趁這個機會和鼠族和好。"

"沒錯沒錯，我真不敢相信我們竟然這麼小氣……"貓小妹也開腔了。

"是啊！說出來笑掉別人的大牙。"

"真教人羞於啟齒。"

……

見局勢一下子一面倒，金貓長老舉起雙手，要大家冷靜下來。他說："既然大家都不反對，那這樣吧，我們開個派對，邀請鼠族來參加，同時簽訂兩族和平共處的協議。"

"這主意好。"眾貓一致贊同。

"那我們趕緊

寫邀請函給鼠族長老吧！"斑紋貓馬上拿出紙筆。

"啊！邀請函得怎麼寫呀？"貓小妹搔了搔頭，惆悵地問。

"叫你平時上課老開小差哪！拿去，這是我上課做的筆記。"斑紋貓笑罵道。

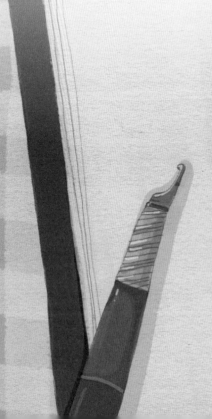

注意事項：

1. **被邀請者**的姓名應寫全，不應寫綽號或別名。

2. 應寫明舉辦**活動**的**具體日期**（幾月幾日，星期幾）。

3. 寫明舉辦活動的**地點**。

4. **注意用語**，應發出得體、誠摯的邀請。

邀請函

邀請函的目的是邀請別人參加活動，一般包含標題、稱謂、正文、下款。

標題：標題要清楚，可包括活動主題。例如"謝師宴邀請函"。

稱謂：邀請函的稱謂使用"統稱"，並在統稱前加敬語。如"尊敬的×××先生／女士"等等。

正文：告知被邀請方舉辦禮儀活動的緣由、目的、事項及要求等，必須寫清楚活動的日期、時間、地點。

下款：寫明活動主辦單位的全稱和成文日期。

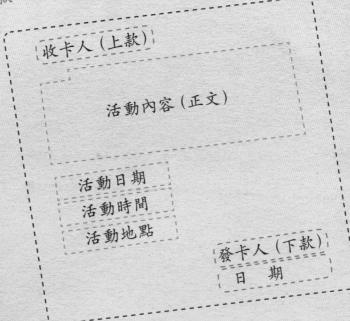

"看來不難啊！包在我身上啦！"貓小妹看完筆記後，胸有成竹地說。

　　"還是一起寫吧！我怕你會弄得錯漏百出，最後大家還得幫你收拾殘局。"斑紋貓拍了拍貓小妹的腦袋，連連搖頭。

　　"哼！別瞧不起我……"

　　"好了，你們倆別拌嘴了。"貓媽媽瞪了他們一眼，"大家一起寫。"

　　經過一番討論後，很快邀請函就寫好了。

尊敬的鼠長老：

　　昨天收到老鼠先生來函，提出希望與斑紋貓和平共處的良好意願，我族上下特地為此開了個大會。雖說貓鼠兩族不和已有千載，但歸根究底，為的也只是小事；故此我族上下一致同意化干戈為玉帛，往後與鼠族朋友們相親相愛、和睦共處。為此，我們決定舉辦一個派對，詳情如下：

日期：2016 年 8 月 26 日（星期五）
時間：下午二時半至下午五時半
地點：森林大道 13 街 330 號森林廣場

　　誠意邀請鼠族上下一同參與，一起見證兩族和解的美好時段，並簽訂協定書，盼我們兩族世代交好。專此邀請，敬祈回函。

貓族

金貓長老

八月二十二日

收到邀請函後，鼠族上下一片歡騰。星期五那天，鼠長老帶着一眾鼠子鼠民共赴派對，與貓族簽下了和解協議，以後他們再也不需要提心吊膽，和貓玩捉迷藏了。

醫院驚魂

自從貓鼠一家親後，森林裏平靜了好幾個月。秋天在一片祥和的氣氛下飄然遠去了，緊接着北風呼嘯而至，皚皚白雪轉眼間便覆蓋了連綿起伏的山巒。

冬天這麼冷的天氣，最好的活動當然是窩在家中，守在溫暖的火爐邊取暖。斑紋貓捲伏在爐邊的搖椅上，好夢正酣。

“鈴鈴⋯⋯鈴鈴鈴⋯⋯”這時，門鈴突然響個不停，斑紋貓不得不起來應門。可他才把門拉開一條細縫，寒風便毫不客氣地鑽進屋裏。斑紋貓冷得打了一陣哆嗦，抖着嗓子問：“媽媽，您沒帶鑰匙嗎？”

“您好！請問斑紋貓在家嗎？”

聽見陌生的聲音，斑紋貓這才睜大惺忪的睡眼，只見門外有一隻神氣的哈士奇犬，他的雪橇上有幾個積了雪的箱子和大小小小的包裹。

斑紋貓疑惑地問：“我是斑紋貓，您找我有事嗎？”

哈士奇犬彎了彎腰，道：“斑紋貓先生，我是“冰雪快遞”公司的職員，今天替波斯貓女士把包裹送來，請簽收！”

斑紋貓一聽，喜出望外，心想：阿姨一定是給我送禮物來了。他一邊簽收文件一邊說："您辛苦了！外面太冷了，您可以把東西搬進客廳裏嗎？"

"沒問題，只要您不介意我弄髒地毯。"

"當然不介意。"斑紋貓說，"我最怕冷了，一秒也不想在雪地上走，寧願待會兒在溫暖的火爐邊打掃客廳。"

於是，哈士奇犬忙進
忙出，把大大小小的包裹
都搬進客廳，當然地毯
上附送了一大堆"梅花"
腳印。

　　斑紋貓看見其中一個木箱上寫着"新鮮食材，小心輕放"，便想：先看看阿姨送來甚麼好東西吧！他打開一看，原來裏面有很多食材，有幾盒牛奶、三袋麵粉、兩打雞蛋、一包細砂糖，還有一大籃子鮮紅的水蜜桃。箱子裏還有一封信呢！

斑紋貓看了阿姨的信，樂透了！他想：雖然我從沒做過蛋糕，但那應該不難吧！如果我能自己做出一個香噴噴的蛋糕，媽媽肯定會稱讚我。他迫不及待地把食材搬進廚房去，準備做蛋糕，給媽媽一個驚喜。

小斑斑：

　　你好嗎？我的好外甥。很久不見了，你有沒有乖乖地每天梳理皮毛啊？別偷懶啊！如果長毛打結了，就要剪毛了。

　　冬天到了，我知道你住的山特別高，山上的積雪特別厚，出門購買糧食也不方便，所以給你快遞了一箱可用來做蛋糕的食材。你可以跟媽媽一起，按自己喜歡的口味做出熱烘烘的杯子蛋糕啊！

　　祝
　　快高長大

　　　　　　　　阿姨
　　　　　　　　波斯貓
　　　　　　　　十二月十五日

　　斑紋貓看着箱子裏的材料好一會兒，然後拿了五個杯子，先在每一個杯子裏放進一個又圓又大的雞蛋，然後灑上麵粉和砂糖，再加上幾顆紅豔豔的草莓，最後把它們放進微波爐中加熱。

　　他高高興興地走回火爐邊，又趴在藤椅上打眈，做着他的下午茶美夢去了。

　　在夢中，一個個香甜的草莓杯子蛋糕出爐了，再配上一杯香濃的莫卡……嗯！真是太棒了！斑紋貓彷彿嗅到一陣陣的香味……

　　就在此時，"轟"一聲巨響，把斑紋貓嚇得從藤椅翻滾下來。天啊！地震嗎？該不會是雪崩吧？可怎麼會聞到一股焦味呢？斑紋貓驚慌失措地逃到屋外，鞋襪都忘了穿，狼狽極了！

　　這聲巨響驚動了山谷裏的大小動物，膽小一點的更以為發生了雪崩，紛紛跑到獵狗駐守的警局報警求助。一時間，附近的鄰居——老鼠、兔子和山羊都從溫暖的被窩跑出家門，趕到斑紋貓家看個究竟，只見斑紋貓赤腳在家門前的雪地上發抖，可憐兮兮的，大家連忙上前安慰他。

　　不一會兒，消防局派來了一隊獵狗，準備救災。獵狗們訓練有素，行動迅捷，調查後發現，這聲巨響既不是地震，也不是雪崩，原來是微波爐使用不當引起的一場小爆炸，幸好廚房沒有人，電器引起的火災很快被撲滅了。

　　看着這一團混亂，山羊爺爺哭笑不得地説："斑紋貓，你難道不知道絕不可以把帶殼的雞蛋放進微波爐中加熱嗎？雞蛋密度較大，加熱後會膨脹，如果被外殼密封着，便極易發生爆炸。"

斑斑去醫院了。
即日下午四時

斑紋貓漲紅了臉，囁嚅道："是……是嗎？"

兔子小姐搖搖頭說："除雞蛋外，其他帶厚皮、硬殼的食物都不宜放進微波爐中直接加熱，如栗子、核桃等。"

老鼠兄弟接着說："在加熱袋裝或盒裝的牛奶、豆漿等飲品時，也應該先拆開包裝。難道你都不知道？"

……

你一言我一語，斑紋貓無言以對，頭

垂得更低了，貓臉都漲成豬肝色了。

獵狗隊長嚴肅地說："斑紋貓，這一次'雞蛋爆炸事件'雖然沒有對你和鄰居造成直接傷害，不過，山上的小松鼠都被嚇壞了，松鼠兄弟更因受驚嚇而從樹上摔下來受了傷，被送進醫院了。你以後可不能再這麼粗心大意了。"

斑紋貓聽到有人因此受傷，十分內疚："真的十分抱歉！我現在馬上去醫院探望他們。"

山羊爺爺好心地提醒："斑斑，你別忘了通知你媽媽。"於是，斑紋貓草草寫了張紙條，貼在大門上，便急匆匆去醫院了。

黃昏時，貓媽媽回家了，她看見大門上的留言條，以及廚房中滿地的微波爐碎片和地板上鮮紅的液體，嚇得魂不附體。可森林裏有三家醫院，到底斑紋貓去的是哪一家呢？貓媽媽心急如焚，卻又無計可施，只得一家一家地找。

當她滿頭大汗、憂心忡忡地趕到森林二號醫院時，看見斑紋貓完好無缺地和松鼠兄弟倆在一起，壓在心頭上的重石才放了下來。問清楚原因之後，她才知道廚房地上的鮮紅液體並不是血，而是草莓汁，頓時哭笑不得，罵道：“你這孩子，留的是甚麼便條，把我給嚇破膽了。”

一旁當老師的松鼠媽媽聽見了，摸了摸斑紋貓的頭，說：“瞧！你把媽媽嚇壞了，快向媽媽道歉啊！”

“對不起！害您擔心了。”斑紋貓抱着媽媽撒嬌，而後嘟嚷着，“留言條不是簡單交代事情嗎？怎麼我會引起別人誤會呢？”

松鼠媽媽搖了搖頭，笑着說：“留言條的確需要用精簡的語言交代事情，但得交代清楚才行！以這一次事件為例，你的留言目的是告知媽媽你去了森林二號醫院慰問小松鼠，但你的留言沒頭沒腦的，只說你去了醫院，加上滿地鮮紅液體，難怪貓媽媽以為家中發生‘血案’了。”

“對，我看見你的便條，還以為你受了重傷，可彷徨了，可便條上又沒說清楚你去了哪家醫院，我只得一家一家地找。”貓媽媽回想起當時的情景，餘悸猶存。

“那應該怎樣寫才對呢？”斑紋貓虛心請教道。

松鼠媽媽提起筆，邊寫邊説：“這樣寫才不會引起誤會。”

斑紋貓點點頭：“我明白了！留言條內容不需要詳細交代前因後果，只要扼要達到寫作目的就好了！”

松鼠媽媽微笑着説：“孺子可教也。除了內容，留言物件的稱呼和留言的人也要寫清楚。你知道我們會在甚麼情況下寫留言條嗎？”

斑紋貓歪着小腦袋想了一會兒，説：“我記得以前代媽媽收過兔子小姐給她的留言條，她來還書，但媽媽那天剛好出門了，所以她把書和留言條交給我，叫我轉交給媽媽。”

松鼠媽媽點了點頭：“嗯，我們有事情要通知對方，或有事託付對方，而對方又不在，可你沒時間等候對方回來，就可以寫張字條留給對方，這就是留言條，

我們家的微波爐發生了個小爆炸，我沒事，但害松鼠兄弟摔傷了，所以我現在吉森林二號醫院探望他們。別擔心，我很快回來。

斑斑
即日下午四時

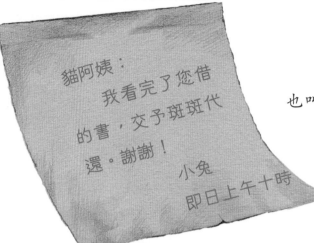

貓阿姨：
　　我看完了您借的書，交予班班代還。謝謝！
　　　　　　小兔
　　　　　　即日上午十時

也叫便條。"

看斑紋貓一臉受教的模樣，松鼠媽媽繼續解釋："便條的內容按需要而定，用語簡潔，格式分四部分：稱呼、正文、署名和日期。稱呼要頂格寫，條子留給誰就稱呼誰。在稱呼下一行空二格寫正文，簡單明瞭地把你要向對方說的事情寫清楚。在正文下面寫清楚誰留的條子，並在右下角寫清月、日或即日何時。"

斑紋貓連連點頭說："我明白了！我明白了！我以後會寫留言條了。"

松鼠媽媽看了看斑紋貓的筆記，讚了個好，說："留言條只是實用文的一種。你還要多學習才可以避免這種"烏龍"事件再次發生呢！對了！你怎麼會用微波爐來烤蛋糕呢？為何不用烤箱呢？"

斑紋貓呆呆地問："微波爐和烤箱有不同嗎？"

松鼠媽媽心想：當老師，真是任重而道遠啊！

留言條

　　留言條（便條）是寫上簡單事項的紙條。如果因為時間匆忙，或者因為要交代的事情用三兩句話就可以說清楚，我們就可以使用便條來向別人**傳遞資訊**。

　　便條通常是在比較**隨意**的情況下使用的，應用範**圍廣泛**，有：留言、請假、饋贈、答謝、借物、還物、邀約、應約、回覆等等。

上款：**收信人**的**名字**或稱謂，可省去"親愛的"、"尊敬的"等字眼。

正文：內容簡單，**語言簡潔**，交代的事情必須**清楚明確**，不用客套，不拘形式。

下款：要寫自己的**名字**，有時可以加上自稱。

日期：如果對方即日就可以看到便條，**日期**可以從簡，寫"即日"就可以。

時間：如果標明了有助於傳遞資訊，才需要把**時間**寫上。

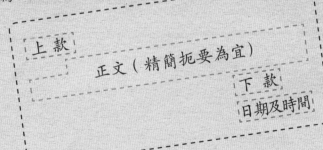

上款

　　正文（精簡扼要為宜）

下款

日期及時間

波斯貓阿嬸
的日記

　　遠方的波斯貓阿姨得知斑紋貓因想要做杯子蛋糕而鬧得難飛狗跳，還把膽小的小松鼠嚇得從樹上摔下來，於是給斑紋貓寫了封信。

　　小斑斑：

　　　　你還好嗎？聽說你因為想做蛋糕而惹出了一場大麻煩，還害得幾隻小松鼠受了傷，讓你媽媽嚇得魂不附體呢！真對不起！我應該在上一封信中更詳細地說明做蛋糕的方法。

　　　　我的好外甥，現在我把自己學做蛋糕時寫的日記寄給你，你可要認真看，相信你可以體會烘焙的樂趣。不過，學做蛋糕可不是容易的事，千萬別奢望一次就能成功，阿姨希望你別輕易言棄，而是一邊嘗試，一邊把寶貴的經驗、心得和感受記錄下來。嗯，用週記的方式作記錄應該挺適合的，所以我把相關的寫作筆記也寄給你，你得好好努力啊！

　　　　對了，別忘了做好蛋糕時，給那些受影響的鄰居送上幾個啊！

　　　　等你們山上積雪融化後，我再來探望你們。

　　　　祝

　　學業進步

　　　　　　　　　　　　阿姨

　　　　　　　　　　　　波斯貓

　　　　　　　　　　　　一月三日

七月一日　星期三　雨天

　　梅雨天，哪兒都不想去，留在家裏看電視節目打發時間。

　　我看了網上的烹飪節目，便學着烘焙師做起蛋糕來。

　　我把低筋麵粉、可可粉、泡打粉，混合過篩，再把1個雞蛋打散，依次加入玉米油、牛奶、糖，攪拌均勻，轉眼間就攪成了一盆黑黑的麵糊。然後，我把麵糊填入紙杯模中，送入預熱好的烤箱。烤箱設置在170度，看着那一團團麵糊在烤箱中漸漸膨脹，才不過25分鐘，陣陣的可可蛋糕香味就傳遍全屋，我心裏有説不出的滿足。

　　烤箱"叮"一聲宣告蛋糕已經烤好，我把香噴噴的蛋糕拿出來。哎呀！一定是我剛才把紙模裝得太滿了，部分蛋糕膨脹後溢出杯子了，黏在烤盤上，有點焦焦的，下一次要更小心控制份量。

　　不管怎樣，把它們擱在烤網上，放涼後，沖泡一杯花草茶，坐在躺椅上慢慢享受，真是梅雨天裏最大的樂事呢！

斑紋貓讀畢姨母的信，便迫不及待地打開阿姨寄來的做蛋糕日記，反覆研讀了好幾遍。

斑紋貓這才恍然大悟，原來，杯子蛋糕並不是把蛋和麵粉放進杯中加熱而成的。他回想起自己鬧出來的笑話，懊惱不已，心想：上一次那烏龍事件真是丟人啊！這一次我一定要成功！

斑紋貓痛下決心，一定要把蛋糕做出來，然後送給小動物們吃，既向大家賠不是，同時也扭轉自己常識缺乏的形象。他打開阿姨這一次快遞過來的新烤箱和做蛋糕的材料，開始一次又一次的嘗試。雖然試了無數次，也失敗了無數次（蛋糕不是太軟就是太硬），距離他心目中的美味還相當遙遠，但他仍堅持着。

轉眼間到了星期六，斑紋貓決定聽從阿姨的建議，用週記的形式記錄自己一次又一次烤蛋糕的經驗和心情。他翻開阿姨的寫作筆記，一行一行地讀了起來。

日記、週記

　　日記是用來記錄自己一天生活中比較有意義、比較值得記憶的片段或比較重要的事情，包括生活裏的所見所聞、所思所想。以**一天為單位來記述的**，就是**日記**；以**一週為單位來記述的**，就是**週記**。

　　寫日記需要注意**格式、內容、寫法**。

　　格式：必須包括日期和正文，有時候會同時概括描述一下當天的氣候。

　　內容：要選擇重點來寫，不要記流水帳，避免把甚麼都一一胡亂寫下來。

　　日記的內容是一篇簡短的記敘文，所以時間、地點、人物、事情的起因、經過和結果都要包含在文章裏。

　　注意：

* 每天都發生的事不要記。

* 瑣碎的事無需記。

* 可結合個人感受。

* 最重要的是**內容要真實，感情要真摯**。

日期	星期	天氣

(事情和感受) 正文

備註：

　　週記和日記很**相似**，只要留意

　　①**週記應該寫七天的日期**（從星期天到星期

六），**不必寫星期和天氣的資料。**

　　②**記錄**的是一星期中重要的、難忘的事情或

有意義的**生活片段。**

　　③**段落要分明**，每段可以寫一天或一段時間

的事。段首可加上時間詞，清楚表示。

"寫週記一點也不難呀！"斑紋貓看完波斯貓阿姨的筆記後，自信滿滿地寫起屬於自己的烘焙週記來。

一月七日至一月十三日

星期一，我打開阿姨快遞過來的包裹。阿姨對我真好啊！給我送來一個新烤箱，還有一大箱的蛋糕材料，我一定不能讓她失望。

我把低筋麵粉、可可粉、泡打粉、雞蛋、玉米油、牛奶、糖等材料一起攪拌，果然，就攪成了一盆黑黑的麵泥……噢！應該是麵團吧！我把它裝進杯中，再放進170度的烤箱。可是不到20分鐘已經傳來烤焦的味道。我只好急忙關掉烤箱，把蛋糕"救"出來。咦？為甚麼杯中的麵團縮小成這個樣子呢？

我嘗試咬了一口，這黑色的"小石頭"有點甜又有點焦，口感怪怪的。我本來想要把它們丟了，結果老鼠兄弟經過，就說他們平日也要啃硬梆梆的東西來磨牙，於是，我就把這

一盆小黑石送給他們了。他們不單感謝我，還鼓勵我
要繼續努力。

　　星期三，我吸收前天的經驗，在攪拌材料時加入
更多的牛奶，這一次麵糊就沒有那麼黑了，看上去比
平日喝的巧克力牛奶稠一點兒。

　　我把它裝進杯中，再放進170度的烤箱，等了25
分鐘。這一次有巧克力的香味傳出，我猜該成功了吧！
可是，我取出烤盆一看，像極了功克力布甸呢！原來，
牛奶加太多，蛋糕就會濕答答的。

　　沒想到山羊爺爺表示很喜
歡，他說能用湯匙一勺一勺湊
合着吃，味道香甜，牙齒不
好也能吃。忽然獲得讚賞，

我感到很高興。

　　星期五，有了兩次經驗，我相信這一次的嘗試離成功應該近了些。我明白了材料太稀或太稠會影響蛋糕的軟硬度，於是把牛奶份量調整了，但不知道為甚麼，我烤出來仍然不是理想中的杯子蛋糕，卻是一團冒着熱水氣的巧克力"提拉米蘇"。

　　媽媽在夏天最喜歡吃冰凍的提拉米蘇，她說下雪天正想吃熱乎乎的東西，我的熱巧克力"提拉米蘇"做得正合她心意。

　　雖然我一週三次嘗試都不成功，但卻歪打正着做出適合不同人口味的東西，我感到自己挺幸運的。

　　不過，我可沒有忘記原來的目標──做出鬆軟的杯子蛋糕。為甚麼我烤的甜點完全沒有杯子蛋糕應有的彈性呢？我真想不通，看來要想個辦法了。

香噴噴的
杯子蛋糕

小斑斑：

　　我欣賞你這幾天付出的努力，所以請了貓頭鷹博士中午過來教你烤蛋糕，並替你輔導語文。加油啊！我外出辦事，晚上才回家。

媽
早上5點

　　貓媽媽見斑紋貓三番兩次嘗試做蛋糕都失敗了，便決定要幫幫他。

　　這天，雪剛停，陽光便在屋裏跳躍、玩耍，把斑紋貓吵醒了。他起牀後，發現廚房的餐桌上放了一份早餐和一張便條，原來媽媽一早就出門去了。

　　中午，貓頭鷹博士從天而降，落在積雪的院子裏。斑紋貓高興地迎上去：“貓頭鷹老師，歡迎您！”

　　貓頭鷹博士親切地用喙啄啄斑紋貓的額頭，説：“斑斑，聽你媽媽説你想學烤蛋糕，也需要輔導一下寫作。來，我們進屋吧！”

　　斑紋貓把阿姨的日記和自己的週記拿給貓頭鷹博士，博士很快就明白問題所在，解釋道：“雖然你阿姨的日記中有說明某些做蛋糕的過程，但不是十分清晰，你如果只靠她的日記，是不可能成功做出杯子蛋糕的。因為日記是以抒發情感為主要目的，跟說明書完全不一樣，你可千萬別混淆。”

斑紋貓一臉茫然地問：“甚麼是說明書？做蛋糕和說明書有甚麼關係呢？”

貓頭鷹博士笑了笑，心想：看來只是講述的話，這孩子還是聽不懂，還是一起動手做做看吧！於是他說：“不如你看我做一次蛋糕，然後你在一旁把每一個步驟記下來，再拍一些照片。等蛋糕在烤箱中烘焙時，我們一起整理出一份烤蛋糕的說明書吧！”

斑紋貓聽了連連點頭，興致勃勃地拿來“拍立得”照相機和一本筆記本。經過貓頭鷹博士的細心指導，斑紋貓終於把杯子蛋糕的製作過程一一紀錄下來，也拍下了照片加強說明效果。

貓頭鷹蛋糕食譜

材料（12 個杯子）：

黃油 150 克　糖粉 60 克　牛奶 50 克

優酪乳 60 克　低筋麵粉 180 克

玉米澱粉 20 克

可可粉 30 克　無鋁泡打粉 3 克

耐烤巧克力豆 70 克

雞蛋 1 個　蛋黃 1 個

檸檬 1 個（刮皮切絲）

表面裝飾：

黑巧克力 200 克、牛奶 60 克、

夾心餅乾（適量）、巧克力豆（適量）

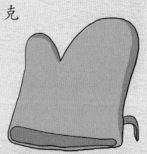

做法：

1. 黃油室溫軟化，加入檸檬皮、糖粉打發至顏色發白，體積增大。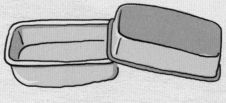

2. 分次少量加入打散的全蛋和蛋黃，打至順滑。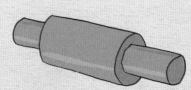

3. 分次加入優酪乳和牛奶拌勻。

4. 加入過篩後的所有粉類，先用刮刀大致切拌均勻，再用電動打蛋器慢速打勻。

5. 加入巧克力豆切拌均勻。

6. 蛋糕糊裝入裱花袋中，剪大口擠入紙杯中。烤箱預熱 170 度，中層烤 15-25 分鐘。

7. 蛋糕出爐放涼備用。

8. 牛奶加巧克力，隔溫水融化後拌勻，放涼至可以裱花的硬度後取出，將巧克力蛋糕表面塗抹均勻。

9. 夾心餅乾拆開，取有白色夾層的一面貼上，再用巧克力豆放上做眼睛和嘴巴。

10. 最後取部分巧克力入裱花袋，在頭部擠壓，拉出耳朵和羽毛即可。

斑紋貓高呼：“老師，這蛋糕太漂亮了！謝謝您！”

“現在有了這份你親手寫的‘貓頭鷹蛋糕食譜’，我相信你可以自己親手做很多杯子蛋糕了。”貓頭鷹博士笑着說，接着又補充，“你瞧，食譜屬於操作性說明文，是說明書的一種，說明製作某些食物的步驟，你只要跟着步驟做，就能做出那種食物。”

“嗯！我明白了。那還有其他種類的說明書嗎？”

“當然有。在日常生活中，說明書的使用率十分高，比方說對某種商品、服務的內容、功能、使用方法等加以解說，如工農業產品、書刊資料、電影戲劇等的介紹說明，目的在於使讀者對某種產品、戲劇、書籍有所了解，並能正確地掌握、使用和閱讀欣賞；或是比較具體地陳述、解釋各種事情的處理方式、程式，比如產品說明書、使用說明書、安裝說明書等等，都是生活中常見的，它們都具有一定的指導作用。”

“聽起來說明書真的很實用。”斑紋貓搖了搖尾巴感歎地說。

　　"是的，説明書既屬於實用性説明文一類，也是實用文的一種，當然很實用。"貓頭鷹博士點點頭，繼續講解，"説明書要全面地説明事物，不僅介紹其優點，同時還要清楚地説明應注意的事項和可能產生的問題。説明書可根據情況需要，使用圖片、圖表等多樣的形式，以期達到最好的説明效果。"

　　斑紋貓轉了轉眼睛，看了看廚房的用品，問道："那麼微波爐和烤箱也有説明書嗎？"

　　貓頭鷹博士從抽屜裏取出一份微波爐説明書，讓斑紋貓仔細閱讀。斑紋貓讀到第 21 項時臉突然漲紅了臉，原來説明書早就説明"切勿用'微波'檔加熱外殼完好的雞蛋、栗子和封裝完好的罐裝食品、瓶裝食品等"。唉！只能怪以前自己太粗心了。

　　貓頭鷹博士拍了拍斑紋貓的肩膀，説："你現在知道帶殼的雞蛋是絕不可以放進微波爐加熱了吧？"

　　斑紋貓點點頭，説："我現在明白了！沒想到説明書會提醒我們這麼多重要事項，我應該多學一些。"

"其實你家中的新烤箱便附有說明書或使用須知。你仔細看過了嗎？雖然有許多功能在產品上都印上了標記，但要熟知產品使用程式、份量、使用時應該注意的事項，最好還是看說明書。"貓頭鷹博士問道，"難不成這一次你也沒有看烤箱的說明書？"

斑紋貓被問住了，他的確只是看烤箱上的開關和溫度調節就開始使用，那本《使用須知》被他扔在一旁，碰也沒碰過。他吐了吐舌頭，決定亡羊補牢，馬上翻閱。當他一翻到目錄頁就愣住了，哇！僅僅是目錄便已如此詳細，果然自己的無知和烏龍事件是源於平日太輕視說明書的功用了。

貓頭鷹博士離開前給斑紋貓佈置了一份作業，他需要

目錄頁

重要資訊 ⋯⋯⋯⋯⋯⋯⋯ 4

機器規格 ⋯⋯⋯⋯⋯⋯⋯⋯ 4

安裝前 ⋯⋯⋯⋯⋯⋯⋯⋯⋯ 4

安全注意事項 ⋯⋯⋯⋯⋯⋯ 5

故障的原因 ⋯⋯⋯⋯⋯⋯⋯ 6

認識您的烤箱 ⋯⋯⋯⋯⋯ 6

操作面板 ⋯⋯⋯⋯⋯⋯⋯⋯ 8

電子視窗與觸控式按鍵 ⋯⋯ 8

烘烤功能選擇鈕 ⋯⋯⋯⋯⋯ 9

溫度選擇鈕 ⋯⋯⋯⋯⋯⋯⋯ 10

烤箱層架與配件 ⋯⋯⋯⋯⋯ 12

選購清潔用品 ⋯⋯⋯⋯⋯⋯ 13

第一次使用前 ⋯⋯⋯⋯⋯ 13

設定時間 ⋯⋯⋯⋯⋯⋯⋯⋯ 13

加熱烤箱 ⋯⋯⋯⋯⋯⋯⋯⋯ 13

清洗配件 ⋯⋯⋯⋯⋯⋯⋯⋯ 13

烘烤設定 ⋯⋯⋯⋯⋯⋯⋯ 14

烘烤功能與溫度設定 ⋯⋯⋯ 14

快速加熱 ⋯⋯⋯⋯⋯⋯⋯⋯ 15

不同的時間設定 ⋯⋯⋯⋯ 15

計時器 ⋯⋯⋯⋯⋯⋯⋯⋯⋯ 16

烘烤時間 ⋯⋯⋯⋯⋯⋯⋯⋯ 18

烘烤結束時間 ⋯⋯⋯⋯⋯⋯ 19

現在時間 ⋯⋯⋯⋯⋯⋯⋯⋯ 20

啟動鎖定 ⋯⋯⋯⋯⋯⋯⋯ 21

更改基本設定 ⋯⋯⋯⋯⋯ 22

自清系統 ⋯⋯⋯⋯⋯⋯⋯ 22

清潔前 ⋯⋯⋯⋯⋯⋯⋯⋯⋯ 23

設定 ⋯⋯⋯⋯⋯⋯⋯⋯⋯⋯ 23

清潔後 ⋯⋯⋯⋯⋯⋯⋯⋯⋯ 23

看完家中所有電器說明書或使用須知，自己寫一份筆記。結果，斑紋貓花了五天時間才把家中所有說明書看了一遍，寫下了這份筆記。

說明書

　　說明書旨在向用家**介紹**商品或服務的內容，包括商品用途、性能、特徵、使用和保管方法等知識，為了讓讀者明白有關商品的使用程式、份量、注意事項，同時兼具宣傳效果，說明書大多會分章、分節或點列式表述，並冠以小標題。

　　說明書的章節排列有一定準則，從一般到具體。用語、行文一定要**簡短、平實、淺白**。過於冗長拖沓的句子，是應該儘量避免的。

某產品 / 服務說明書

一、大標題：按該產品 / 服務所需說明的專案劃分章、節。
　　1. 小標題：從一般到具體，順序排列小標題。
　　　(1) 分項內容
　　　(2)
　　2.
　　3.
　　4.
　　5.

二、大標題
　　1. 小標題
　　2.
　　3.
　　4.

三、

四、

朋友的慰問

斑紋貓學會了用烤箱做蛋糕，馬上做了一大堆，打算給上次受驚的鄰居及摔傷的松鼠兄弟送去，希望表達自己的歉意。

他帶着一大籃子蛋糕正要出門，鄰家兔子妹妹剛好從山坡那邊一蹦一跳地走過來，她手裏捧着一大瓶奶油。斑紋貓高興地打招呼：“兔子妹妹，遇見你回來真好啊！我剛做了蛋糕想給大家逐一送去呢！上次的事真是抱歉呢！”

兔子妹妹抖抖耳朵，把頭上的雪抖落了，笑了笑說：“上一次你沒有受傷就好了，我們都沒有怪你，就別放在心上了。我剛到山羊爺爺家借了一大瓶奶油，打算熬胡蘿蔔奶油湯，已經通知了山羊爺爺、老鼠兄弟和獵狗先生下午過來喝湯。本來就打算過去找你和貓阿姨，現在可好了，我做湯，你帶蛋糕，待會兒一起到我家吧！”

於是，下午兩點，大夥兒齊聚在兔子妹妹家，斑紋貓趁機向鄰居們表達歉意。大家一邊喝湯，一邊吃蛋糕。

老鼠兄弟啃着蛋糕，樂得吱吱叫，說：“這蛋糕又香又甜，太美味了！回想起你之前的‘微波爐爆炸事件’，仍然覺得不可思議，嘻嘻嘻！”

山羊爺爺喝着湯說：“你們兩隻小老鼠就別再笑話斑紋貓

了。意外的事就是意想不到嘛！沒有受傷就好了，不是嗎？"

獵狗先生說："沒有受傷真是萬幸啊！不過，住山上的松鼠兄弟可沒有這麼幸運了。上一次才因為受驚從樹上摔下來受傷，前天剛出院了又被積雪壓斷的樹枝砸中，現在一隻包着頭，一隻裹着手，還有一隻要撐拐杖走路呢！"

"啊呀！怎麼會這樣？"

"是呀！太慘了吧！"

……

大家聽見這突如其來的消息都不禁難過起來。

"我想去看看他們。"斑紋貓說。他打算晚上帶些蛋糕到醫院探望松鼠兄弟，其他動物也紛紛想要帶點甚麼去慰問他們。斑紋貓提議："除了帶點食物，不妨親手寫張慰問卡給他們吧！"大家點頭和議，便各自回家準備食品和慰問卡。

月亮升起了，大夥兒如約來到了醫院，給松鼠三兄弟送上了美味的蛋糕、胡蘿蔔奶油湯、乳酪、新鮮的松果。松鼠兄弟十分感動，大冷天的小病房頓時溫暖起來。

斑紋貓把大家的慰問卡貼在松鼠兄弟病牀旁的牆上，說："這樣你們就隨時都能看見了。"

親愛的松鼠兄弟：

　　因為我的粗心大意，嚇得你們從樹上摔下來受了傷，真對不起！你們現在好一點了嗎？聽說你們前天出院又被樹枝砸中，得在醫院養傷。我很擔心你們！

　　雖然醫院的飯菜口味比較清淡，未必合你們的胃口，但你們也要多吃飯啊！這樣才可以快一點痊癒。請嚐一嚐我親手做的蛋糕。放心！這一次是在貓頭鷹博士的指導下完成的，沒有出亂子。希望你們早日出院，我們可以跟博士一起學習。

　　祝你們

早日康復！

友
斑斑上
一月十五日

松鼠兄弟啊！你們的身子骨比我這老頭還不中用。我帶了乳酪給你們補補筋骨，就不怕給樹枝砸中了。要像我一樣老當益壯啊！

　　祝老如松柏！

山羊爺爺

松鼠兄弟，你們要快點好起來，我們等着和你們一起玩。

松鼠兄弟：

　　熬過寒冬便會迎來春天，希望在春雨綿綿的日子裏，我採蘑菇，你們撿松子。大家美好的日子一百年不變！

　　祝長命百歲！

　　　　小兔妹妹

松鼠兄弟：

　　你們已經連着兩次進醫院了，我真替你們擔心，幸好你們最後還是獲救了。想到你們兩次意外都跟樹有關，可謂禍不單行。希望你們好好振作。相信一切會否極泰來。

　　祝福如東海！身壯力健！

　　　　獵狗先生

　　這時，森林醫院的啄木鳥醫生剛好巡視病房，看到大家給松鼠們寫的卡，差點兒笑岔了氣，忍不住開口說："你們也真逗，五張慰問卡，只有斑紋貓那張卡最恰當。其他的不是格式不對，就是用語有問題。還有，這張是誰寫的呀？連名字都沒有。"啄木鳥醫生指着老鼠兄弟寫的慰問卡，搖了搖頭。

　　大家聽了面面相覷，難道寫個慰問卡還有那麼多的講究？

　　"斑斑，到底慰問卡應該怎麼寫呀？"山羊爺爺捋了捋鬍子，問道。

　　"其實一點也不難。"斑紋貓拿出自己的筆記給大家看，"只要弄清楚寫給誰，為甚麼寫，還有注意格式……應該就沒甚麼問題了。"

慰問卡

向對方（收卡人）表達安慰、問候及關懷之情。

格式內容：

1. 必須包括**上款**、**問候語**、**正文**、**祝頌語**、**下款**和**日期**。

2. 如果收信人是**長輩**，下款署名後應寫"敬上"。

3. 如收信人身體狀況欠佳，可使用"早日康復"或"早日痊癒"。

注意：

＊慰問言詞需要**切合情境**，表達情感要真摯。

＊安慰他人時需要留意與收卡人的**關係**。

格式：

上款：

問候語＋正文

祝

祝頌語

下款

日　期

　　自松鼠兄弟痊癒後，森林裏平安無事，大家都安居樂業，其樂融融。

　　可這幾天，低氣壓籠罩了整個森林，因為金貓長老年紀大了，身體出現了許多毛病，所以醫生勸告他退休，好好鍛練身體。聽到消息後，大家都萬分不捨，因為金貓長老既是貓族裏最有份量的，也是森林長老議會的老大，負責森林資源的開發工作。他為人和藹可親，凡事親力親為，對貓族乃至森林的貢獻受到了大家的肯定及尊敬。

　　今天，是金貓長老正式退休的日子，動物們手捧鮮花，一個接一個安靜守規地在長老議政廳外排了條長龍，大家都希望親自和金貓長老告別，並獻上自己最真摯的敬意。在告別禮上，金貓長老鄭重地向大家宣佈，足智多謀的虎貓先生將接任貓族長老的工作。

　　貓族新長老即將上任，待辦的事情可多了。這不，長老議政廳裏正熱烈地討論着呢！

　　看大家三三兩兩聚在一起說個沒完，已經一天一夜沒睡覺的龜長老說話了："各位，我知道大家手頭上都有很多事要處理，不過當務之急是趕緊準備虎貓先生的就任典禮。"

　　文化部貓頭鷹博士點點頭，說："龜長老說得對，我建議向內部官員發通告，請大家對就任典禮的活動提建議，如何？"

　　"這主意好。"大家都點頭贊同。

　　"既然大家都同意，那

我來分工吧！"貓頭鷹博士有條不紊
地分配起工作，"財政部田鼠長老
請先算算可以撥多少錢作為典禮
活動費，文娛部袋鼠長老請
先看看哪些場地可供使
用，秘書處
請負責擬
寫通告。"

　　"那我呢？"
龜長老問道。

　　"您兩眼通紅，去休
息一會兒吧！"貓頭鷹博
士扶着龜長老往休息室走
去，又轉過頭對秘書長説
道，"對了，熊長老，這
是寫通告的筆記，或許秘
書處用得着，你們拿去吧。"

通告

　　"通告"屬於通告類文書，凡是機關團體有政策、措施或者重要事項要向一定範圍的民眾或者員工公佈時，就可以使用。多數是直接發出或者寄出的。

　　由於通告以傳達資訊為主要目的，因此行文必須簡明扼要。其內容包含標題、正文、結束語、下款和日期五部分。

標題：比較詳細，通常會扼要交代通告的性質、內容，或者發佈部門，比如森林"聖誕聯歡會通告"、"學生會通告"。

正文：用來交代所要發佈的消息，有時候會先說明發文的原因、目的，或發文的依據，才正式進入主題；但有時候也可以直接說明需要民眾周知或者遵守的具體事項。內容比較多的話，可以分段處理，並加上段碼，或以表列的形式，甚至附上圖片，以方便閱讀。

結束語：用來終結全文，例如"特此通告"、"以上通告學生會全體會員"等。

下款：下款必須清楚交代發文者所屬機關團體的名稱，以及發文者的職銜和名字；如果機關團體名稱在標題部分交代過的話，那麼下款就只需要寫上發文者的名字和職位。

日期：最後是發文的日期，一般都要另行頂格書寫。

要注意的是，如果有附件或者通告的**分發名單**和**副本發送名單**，應該放在日期前面。

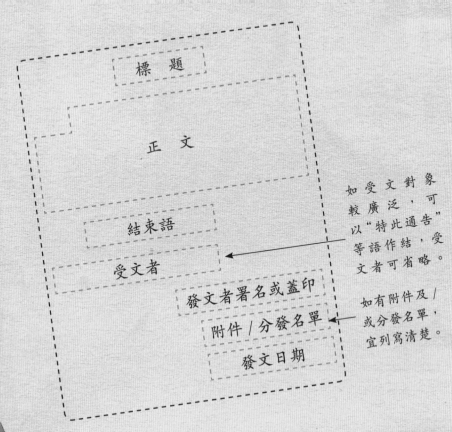

在大家的分工合作下，事情很快辦妥了。秘書處把通告張貼在佈告欄上，又直接寄給了內部官員，相信很快會收到大家的建議書。

編號：SLTG25/3/17

長老議會通告

貓族新長老——虎貓先生即將上任，經長老議會討論後，就任典禮的安排如下：

日期：4月15日

時間：上午9:30至中午12:30

地點：長老議政廳正門廣場

為了能更好地運用資源、集思廣益，現邀請行政機關各部門負責人擬寫典禮活動建議書，於4月2日前呈交長老議會秘書處。一經長老議會確認採用，該部門所有員工將獲得金貓長老親筆簽名的著作《情在森林中》一本。敬希垂注為荷。

以上通告

行政機關各部門負責人

長老議會秘書處書處

二〇一七年三月二十五日

時間過得飛快，忙碌的一星期轉眼即逝。今天的長老議會各部長老皆會列席，秘書處一早便忙着準備會議文件。

下午兩點整，財政部田鼠長老、文娛部袋鼠長老、國防部獅子長老、組織部灰兔長老、衛生部斑馬長老、環境保護部黃牛長老、交通運輸部雲豹長老、司法部刺蝟長老、教育部猩猩長老等十九位部長準時到達長老議政廳，一早在旁等候的龜長老、文化部貓頭鷹博士及秘書長熊長老馬上請大家入座，開始討論起就任典禮的各項安排。

"各位，首先感謝各行政機關的幫忙，秘書處一共收到了二十份"就任典禮建議書"。"會議主席龜長老首先開腔，"我和貓頭鷹博士、熊長老仔細研讀過，一致認為教育部猩猩長老的建議最為可行，今天我們就討論如何執行。"

長老議會主席龜長老：

有關貓族新長老就任典禮的建議

就任典禮是為新任長老所舉行的一個重要儀式。一般會安排樂手演奏，然後新長老接受眾官員及森林子民祝賀，最後由新長老講講他的理念及新的發展方向。如果這一次仍照此舉辦就任典禮，雖萬無一失，卻創新不足。我部上下經過商議，就虎貓先生的就任典禮提出以下建議：

（一）首先，樂隊由長老議政廳正門方向進入廣場，結合議會樂手和民間田鼠樂團，演奏加入現代元素的傳統樂典，寓意森林將在良好的傳統下繼續朝前邁進。

（二）接着，虎貓先生步上廣場講台，接受眾長老、官員及森林子民祝賀，然後宣佈"森林好聲音"比賽正式開始。

（三）比賽結束後，由虎貓先生頒發獎項給冠軍得主，並以"森林好聲音，森林好事情"為主題，講講如何以"好"字出發，帶領大家共建美好森林。

以上建議為本部全體人員集思廣益後之陋見，呈上供長老議會考慮。

教育部

二〇一七年四月一日

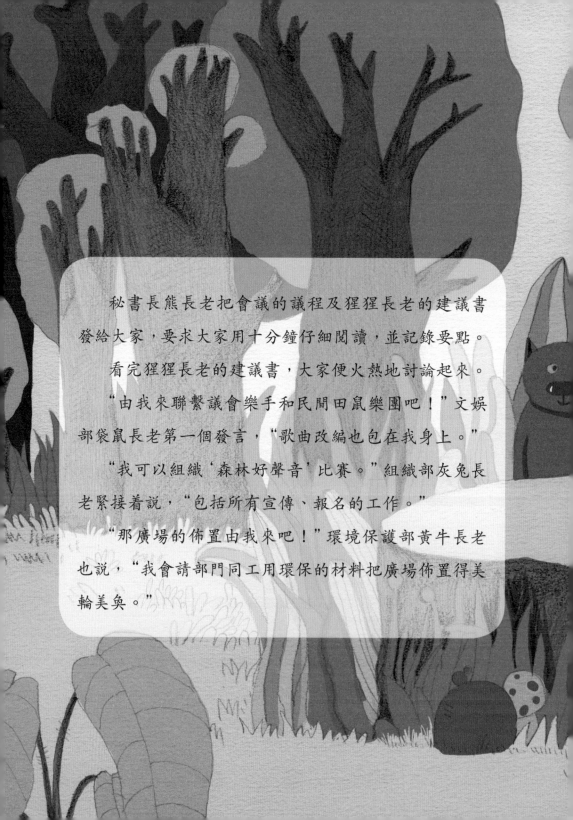

　　秘書長熊長老把會議的議程及猩猩長老的建議書發給大家，要求大家用十分鐘仔細閱讀，並記錄要點。

　　看完猩猩長老的建議書，大家便火熱地討論起來。

　　"由我來聯繫議會樂手和民間田鼠樂團吧！"文娛部袋鼠長老第一個發言，"歌曲改編也包在我身上。"

　　"我可以組織'森林好聲音'比賽。"組織部灰兔長老緊接着説，"包括所有宣傳、報名的工作。"

　　"那廣場的佈置由我來吧！"環境保護部黃牛長老也説，"我會請部門同工用環保的材料把廣場佈置得美輪美奐。"

森林交接儀式

「好。典禮結束後的善後工作就交給我的部門吧！」衛生部斑馬長老立即想到事後的打掃問題。

「交通改道的安排我來處理最合適。」交通運輸部雲豹長老說道，大家都點頭同意。

教育部猩猩長老想了想，說：「我負責和貓族新長老溝通，把我們的意念告訴她。」

「嗯！我們也做了預算，大家需要錢辦事就來找我。」財政部田鼠長老說完又馬上補充，「當然經費必須運用得合理，否則就是浪費森林子民的財產。」

「我好像沒能幫上甚麼忙，你們有需要我的地方儘管開口。」國防部獅子長老拍拍胸脯，然後轉頭看向猩猩長老，說道，「你太厲害了，這建議書寫得條理分明，清清楚楚的。我和部門同工剛收到通告時真是一籌莫展，完全不知該如何下手呢！」

「其實也沒甚麼，只是因為我有建議書寫作筆記罷了。」教育部猩猩長老笑着說，「給你們一人一份吧！說不定以後用得着。」

建議書

　　建議書是用來提出建議的文書。任何團體的成員想就公家的事向團體提出建議，都可以採用建議書。比如學生可以向學生會乃至學校當局就學校生活提出建議；公司的僱員可以就公司的人事管理、僱員福利、工作環境等各方面提出建議；甚至一般市民，也可以向一些公營機構或者政府部門就一些政策措施提出建議。

　　建議書的主要寫作目的在提出建議，因此重心就在建議本身，也就是正文部分；除此之外，加上一個標題，以及傳訊者和受訊者的名稱就可以了。

開頭：一般來説要寫清楚受訊者的稱謂，以表示該建議書的寫作物件。對於比較簡短的建議書，稱謂可以放在標題的前面，也可以放在標題的後面。

標題：最好是把建議書所牽涉到的事情在標題裏就交代清楚。如："建議延長學校開放時間"、"關於成立家長教師會的建議"等。

正文：寫清楚要建議的具體內容。由於要把事理講清楚，也要説明各種必要的行動以及有關的負責部門，因此多數採用比較完整的句子；而句與句之間的邏輯關係也比較講究，因此一些邏輯關聯詞語的使用頻率也會比較高。

結束：寫上提建議者的名字和提出建議的日期，必要時可以以附注形式交代通訊位址或聯絡方法，以便有關機構對建議作出回應。

寫作時注意：

    1. 應該言之有據，持之有理。

    2. 語氣上應該委婉得體，不亢不卑。

    3. 內容複雜的話，可以採用列點的形式書寫，必要時還可以冠上小標題。

也可以寫在 ⟶ 標題之後

```
┌──────────────────────────────┐
│  ┌─────────────┐             │
│  │  稱　謂      │             │
│  └─────────────┘             │
│     ┌──────────────────┐      │
│     │    標　題         │      │
│     └──────────────────┘      │
│                              │
│  ┌──────────────────────┐    │
│  │                      │    │
│  │     正文              │    │
│  │ （可以採用列點形式）    │    │
│  │                      │    │
│  └──────────────────────┘    │
│              ┌────────────┐  │
│              │ 發文者名稱   │  │
│              └────────────┘  │
│              ┌────────────┐  │
│              │   日　期    │  │
│              └────────────┘  │
└──────────────────────────────┘
```

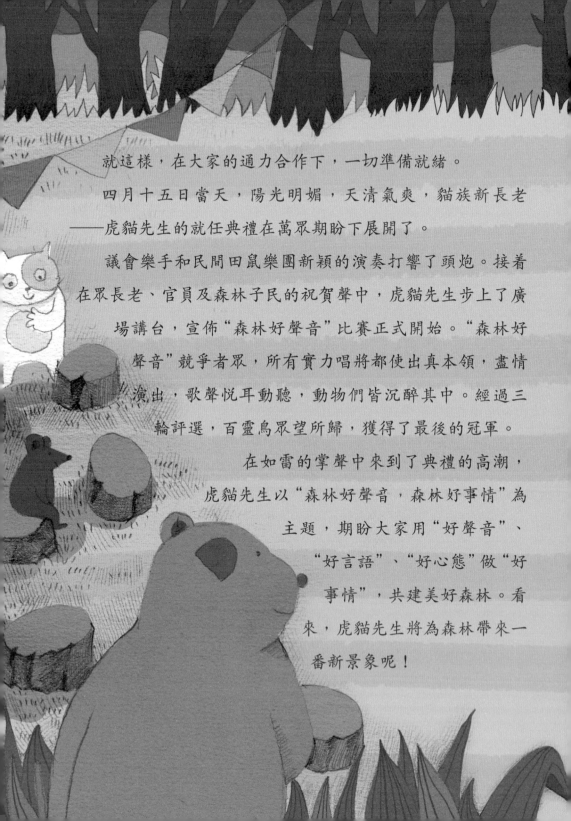

就這樣，在大家的通力合作下，一切準備就緒。

四月十五日當天，陽光明媚，天清氣爽，貓族新長老
——虎貓先生的就任典禮在萬眾期盼下展開了。

議會樂手和民間田鼠樂團新穎的演奏打響了頭炮。接著
在眾長老、官員及森林子民的祝賀聲中，虎貓先生步上了廣
場講台，宣佈"森林好聲音"比賽正式開始。"森林好
聲音"競爭者眾，所有實力唱將都使出真本領，盡情
演出，歌聲悅耳動聽，動物們皆沉醉其中。經過三
輪評選，百靈鳥眾望所歸，獲得了最後的冠軍。

在如雷的掌聲中來到了典禮的高潮，
虎貓先生以"森林好聲音，森林好事情"為
主題，期盼大家用"好聲音"、
"好言語"、"好心態"做"好
事情"，共建美好森林。看
來，虎貓先生將為森林帶來一
番新景象呢！

"哆來咪……啊啊啊……"美妙的歌聲從森林遠處傳來！這銀鈴般的歌聲一定來自百靈鳥小姐。

自從百靈鳥小姐獲得了"森林好聲音"的總冠軍以後，一下子成為了森林中的大明星！她可真是忙得不可開交。先是森林小學請她為小動物們上音樂課，又有大象唱片公司請她錄製唱片。這不，百靈鳥小姐又要開個人演唱會了！

這個消息一傳開，很多小動物都十分期待，紛紛打聽着演唱會的消息。

"叮咚"

"百靈鳥小姐在家嗎？"原來是森林長老龜伯伯來了。

"龜伯伯！謝謝您來看我，有甚麼事嗎？"

"百靈鳥小姐，你的演唱會準備得怎麼樣了？大家都在期待呢！"

"哎呀！說起演唱會，我還真是頭疼，每天我都要接很多電話，都是在問演唱會的事情！"百靈鳥撅着嘴巴抱怨起來。

龜伯伯微笑着答道："呵呵，那麼你可以製作一張宣傳海報，告訴大家與音樂會相關的資訊呀！既能傳播資訊，又能吸引觀眾！"

聽了龜伯伯的建議，百靈鳥眼珠咕嚕一轉，拍手稱讚："這真是個好辦法！謝謝您！"

送走龜伯伯，百靈鳥趕緊動手準備製作海報。可是，海報應該怎麼寫呢？百靈鳥連忙打電話請教貓頭鷹博士。

"貓頭鷹博士！我要為我的演唱會製作海報，請問應該怎樣寫呢？"

"啊！恭喜你啊百靈鳥小姐！海報一般有三個部分，分別是標題、正文和落款。"貓頭鷹博士慢吞吞地說。

"啊！我知道啦！謝謝您！"百靈鳥太着急，還沒等貓頭鷹博士說完便掛斷了電話。

"啊？喂喂？　還有……"

百靈鳥忙得顧不上思考，心想：不就是宣傳一下演唱會嘛！接着大筆一揮：

海　報

我精心準備了很多歌曲，非常好聽。明天大家都要來看我的演唱會。

百靈鳥

百靈鳥小姐寫完，便得意洋洋地將海報掛在了自家門外。：這下可以專心練歌了。想着第二天演唱會的火爆場面，禁喜笑顏開。

然而，過往的小動物看到百靈鳥家門外的海報，可納悶大家聚在一起，七嘴八舌地議論着。

"咦？明天？怎麼沒寫日期呀？"

"在哪裏舉辦的呀？"

"這演唱會幾點開始的呢？"

……

前來圍觀的小動物們更加摸不着頭腦了，你看看我，我你。大家既想去找百靈鳥小姐問個清楚，可又怕打擾她。夥伴們這下可犯了難。最後只好帶着疑惑紛紛散去。

　　時間過得真快，到了第二天，百靈鳥穿着華麗的禮服到了禮堂。她左等右等，從傍晚等到了深夜，一個人都沒有，望着空空蕩蕩的禮堂，百靈鳥小姐傷心極了！回到家，她一屁股坐在地上，回想起她日夜練習的情景，中不免一陣酸痛，便放聲大哭起來。

　　這時，貓頭鷹博士聽到哭聲趕忙過來安慰。

　　一見到貓頭鷹博士，百靈鳥就撲楞着翅膀，一頭撲進貓頭鷹博士的懷裏，哭得上氣不接下氣："貓頭鷹博士，為甚麼沒人來我的演唱會？我還按照您的要求寫了海報呢！"百靈鳥委屈得不得了。

　　貓頭鷹博士一邊幫她擦眼淚，一邊問："那麼你是怎樣寫海報的呢？"

　　百靈鳥一邊哭一邊把海報拿出來給貓頭鷹博士看。

　　看了海報，貓頭鷹博士忍不住"噗"地一聲笑了。

　　這時，百靈鳥哭得更大聲了："貓頭鷹博士，您怎麼笑話我呢？是您說要有標題、正文和落款的呀！"

　　看着眼淚汪汪的百靈鳥，貓頭鷹博士真是不知如何是好，

只好彎下身子，溫柔地說："哎呀！你看看你的正文有沒有表達出準確的時間和地點呢？"

　　百靈鳥小姐好像突然明白了甚麼，擦了擦眼淚，大眼睛眨呀眨。

　　"你看，一般海報的正文要求寫清楚以下一些內容……"他一邊說着，一邊從口袋裏拿出紙筆，"第一，活動

的目的和意義；第二，活動的主要項目、時間、地點等；如果有需要還應寫出參加的方法或注意事項。"

"哦！原來要這樣，是我太粗心了！那麼還需要注意甚麼呢？"這次百靈鳥小姐耐心地向貓頭鷹博士請教。

看到百靈鳥小姐的情緒好了一些，貓頭鷹博士也鬆了一口氣，依舊滿臉笑容地講解："海報的標題可以在第一行中間寫上'海報'字樣，也可以直接由活動的內容承擔作為題目。如'百靈鳥演唱會'"。

"哦！落款也應該寫上發文日期，這樣才清晰準確！"百靈鳥抖了抖自己豔麗的羽毛，完全投入到貓頭鷹博士的講解中。

"是的！真聰明！那麼你知道應該怎樣寫海報了麼？對了，還有一點要提醒你，海報的文字要簡明扼要，一目了然。"看到聰明又努力的百靈鳥，貓頭鷹博士欣慰地點點頭。

"謝謝您！貓頭鷹博士，我現在再重新寫一份海報！"百靈鳥擦去淚水，拍拍翅膀，那眼神中透出了堅定，彷彿是即將出征的戰士。

這回百靈鳥小姐經過認認真真的思考，又寫出了一份海報。

"森林好聲音"
總冠軍
重裝上陣　驚喜連連

百靈鳥

為了感謝森林小夥伴
對百靈的喜愛和支持，百靈
精心為大家準備了一場演唱
會。期待你們的到來！

百靈鳥演唱會

時間：5月9日　晚上7點　（請準時入場）

地點：森林大禮堂

費用：免費入場

主辦單位：百靈歌唱事業有限公司

　　貓頭鷹博士仔細端詳了一番：“嗯！這次寫得很好，資訊表達得很清楚，語言簡單而真誠。我還有一個建議，你可以把你演出的照片貼在海報上，版面可以適當美化，相信一定會有更好的效果。祝你成功！”

　　貓頭鷹博士離開以後，百靈鳥小姐踏踏實實地製作了海報，一份貼在自家門口，一份貼在禮堂，希望森林的小夥伴都可以知道演唱會的資訊。

　　果然，海報剛一貼出來，森林的小夥伴就奔相走告，結伴相約去參加百靈鳥小姐的演唱會。通過這張海報傳遞出的資訊，好像給原本平靜的森林帶來了無限的活力，就連已經退休的金貓長老看到了這個消息，也早早訂下了森林小動車，趕去聽百靈鳥的演唱會。

　　到了演唱會那天，台下坐滿了觀眾，有的舉着百靈鳥的海報，有的揮舞着螢光棒，還有的拿着百靈鳥的專輯來找她簽名。而百靈鳥小姐用她最美妙的歌喉為森林裏的小夥伴回饋了一場音樂盛宴。百靈鳥小姐心裏既興奮又感動，經過這次“海報事件”，百靈鳥不僅學會了海報的寫作方法，更學會了求知的態度。

海報

　　海報是主辦單位向公眾報導舉行文化、娛樂、體育等活動的一種事務文書。從內容分，海報有演出海報、講演海報，展覽海報等。從形式分，海報有文字海報和美術海報兩種。

　　尺寸：大，張貼於公共場所，故必須以大畫面及突出的形象和色彩展現。

　　標題：寫法多種多樣，標題的位置也可根據排版設計隨意擺放。

　　正文：要用簡潔的文字寫清楚活動內容、時間、地點、參加辦法等。

　　結尾：要標明主辦單位、承辦單位等。如正文已把有關內容寫清楚了，可以不設結尾。

　　寫作要求：

　　　　內容一定要具體真實，**文題相符**。得寫明活動的地點、時間及主要內容。文中可以用些鼓動性的詞語，但**不可誇大**。

　　　　文字力求**簡潔明瞭**，條目清楚，篇幅要短小精悍。版式可以做些藝術性的處理，以吸引觀眾。例如根據內容配上美術圖案，色彩和構圖要醒目，具有時代氣息和裝飾美，但**不可過於複雜**。

田鼠兄弟
搬救兵

虎貓長老上任後，銳意改革——建立友好邦交，簡化各個政府部門，推動環保工作……給森林帶來了新氣象。這不，森林長老龜伯伯剛宣佈要四大家族從族裏挑個代言人，參與森林事務，幫忙維持治安。

這消息一出，田鼠兄弟便為了爭奪"田鼠家族代言人"一職，吵得不可開交。田鼠爸爸看到兩兄弟爭得面紅耳赤，一時也想不出甚麼好辦法，只好搬來"救兵"——貓頭鷹博士，讓他來一評高下。

轉眼間，貓頭鷹博士來到田鼠家，看到田鼠兄弟倆沒好氣的看着對方，彷彿大戰一觸即發；而田鼠爸爸則愁容滿臉，一聲不吭地坐在一旁。貓頭鷹博士緊鎖眉頭，一邊捋着鬍子，一邊在田鼠家的客廳裏踱步，心想：這競爭本應該是好事，能達到取長補短、共同進步的目的，怎麼現在田鼠兄弟倆因為競爭鬧得悶悶不樂，不僅影響了兄弟之間的感情，還影響到了田鼠一家人的情緒？不行，得好好想想辦法了！

又踱了一會兒步，貓頭鷹博士猛地抬起頭，想到了一個好主意——演講比賽！想到田鼠兄弟都是演講高手，不如讓他們用這種形式公開、公平地一決高下。

　　"咳咳"，貓頭鷹博士清了清嗓子，接着不慌不忙地說到，"田鼠兄弟，你們不用吵也不用急，我們舉行個演講比賽，讓族裏的田鼠們都來聽一聽，選出一個最合適的代言人，你們看這樣好不好啊！"

　　話音剛落，田鼠弟弟最先從椅子上彈起來，高聲說道："這個主意好！"田鼠哥哥也點了點頭，一副勢在必得的樣子。

　　這時，貓頭鷹博士眼珠一轉，笑眯眯地對田鼠兄弟說："那麼你們可以一起合作完成一個任務嗎？"

　　"甚麼任務？"兄弟倆興奮地搶着問。

　　"你們一起做一份宣傳單張，發給田鼠家族的所有人，邀請他們參加你們的競選演講，好不好？"

　　"好的！"兄弟倆異口同聲的回答。

　　"那麼你們要利用在學校學習過的實用文知識來實踐啦！等待你們的好消息！"貓頭鷹博士說完，轉頭向田鼠爸爸使了個眼色，會心一笑。而一直默不作聲的田鼠爸爸也拍起手來，看到關係緊張的兄弟倆終於"破冰"，不禁感到欣慰。

　　和貓頭鷹博士道別之後，田鼠兄弟便行動起來。他們找出了曾經使用過的筆記。

單張

　　單張也叫宣傳單，用於宣傳資訊。單張的設計要簡單明瞭，文字表達要準確。單張能夠體現宣傳者的特點或個性，現在廣泛使用於企業、品牌推廣和個人宣傳等等。

寫作時要注意：

1. 資訊明確，淺白通俗，便於記憶，易於傳誦；

2. 手法新穎，善用對仗、押韻、比喻等修辭手法，使之凝煉精簡，易於上口；

3. 巧妙套用或者改寫經典詩詞名句或諺語俗話，務求達到畫龍點睛的效果。

全民健身一起來
魅力森林更精彩

每天運動半小時

據研究顯示，每天進行半小時或以上的體力活動，對健康有莫大裨益。因此，我們誠意推薦閣下每星期用不少於 3.5 小時去進行適合自己的活動。

動

建議形式

1. 每天進行最少半小時的運動；或
2. 隔天進行最少 1 小時的運動；或
3. 每天累積半小時的運動時間（每次不少於 10 分鐘）

日常生活中增加活動機會

1. 多利用樓梯，少乘電梯。
2. 多爭取機會走路，少乘汽車。
3. 在小休或午膳後，做一些伸展運動。

運動保健益身心

1. 增強心肺功能，促進血液循環。
2. 增加抵抗力，減少疾病。
3. 強健骨骼，強壯肌肉。
4. 消耗熱量，避免過胖，維持適當體重。
5. 促進心理健康，消除壓力，令工作時更精神奕奕。
6. 與家人一起做運動，增強家庭聯繫。

在閒暇時

1. 多做戶外活動，如遠足、郊外旅行。
2. 多做帶氧運動，如緩步跑、騎單車、游泳、球類活動。
3. 減少看電視、玩電腦等靜態活動。

活動時應注意事項

1. 注意身體情況
2. 注意安全

　　田鼠兄弟仔細研究了一番，又認真地討論了一番，然後
"刷刷刷"地寫了起來。

　　"嗯！真不錯！"坐在一旁的爸爸點點頭說："這份單張
簡潔又美觀，既突出了宣傳目的，又把時間、地點等資訊表
達得很清楚！"

　　"是啊！"貓頭鷹博士也頻頻稱讚，"宣傳單張一般是個
人或團體宣傳的一種方式，你們的單張資訊明確又富有創
意。看來你們兄弟倆的實力還真是不能小看呢！"

兄弟之戰

甚麼是家族代言人？
以服務家族為己任，幫助處理森林事務，
建構和諧森林。

誰是候選人？
田鼠哥哥——家族長子，沉穩睿智
田鼠弟弟——年少有為，勇於創新。

怎樣選舉？
採取競選演講的方式，由在場觀眾和評委
共同選出。

誰是評委？
森林長老龜伯伯以及知名學者貓頭鷹博士。
當然還有你！

如果你關心田鼠家族的未來，
如果你熱愛你的家族，
一定要來參加！

日期：2017 年 6 月 1 日
時間：晚上 7 點
地點：榕樹大講堂

誰將成為田鼠家族代言人？
田鼠兄弟上演龍虎之爭！
期待你的選擇！

　　演講比賽的日子一天天臨近了，田鼠兄弟倆各自為戰，精心準備演講稿，都想在當天比賽中發揮出最好的水準。

　　比賽開始了，台下坐滿了觀眾，大家都對這場演講比賽充滿期待。貓頭鷹博士請來龜長老和虎貓長老一起做評委。

　　首先，上場的是田鼠哥哥。田鼠哥哥邁着穩健的步伐登上演講台，環視場內，向大家鞠了一躬，場內一片安靜。這時，田鼠哥哥信心滿滿地開始了他的演講。

尊敬的主席、來賓們：

大家好！

我是田鼠哥哥，今天我要競爭"田鼠家族代言人"一職。

大家都知道，家族代言人要為我們的家族着想，要了解家族，並能夠向外界展示和宣傳我們的家族。

首先，我作為田鼠家族的長子，最了解家族，最知道家族成員需要甚麼，最能夠說明我們的家族發展。

第二，我和森林的其他動物家族都保持着很友好的聯繫，我能夠很好的代表田鼠家族在森林中與其他家族溝通聯絡。

第三，我的性格沉穩，勤奮學習，追求上進，做事認真踏實，大家交給我的事情一定都能辦好！

此外，我還積極參加各類社會實踐、公益活動，比如幫助年老的田鼠婆婆抓昆蟲，教年幼的小田鼠識字，晚上到蘆葦地巡邏等等。

我品德優良，講文明，懂禮貌。更重要的是，我樂於助人，富有同情心，願意幫助弱小的人，經常到處伸張正義。

希望大家支持我。我一定會做一個優秀的、稱職的家族代言人。

謝謝大家！

　　田鼠哥哥鏗鏘有力的發言引起場內掌聲一片。貓頭鷹博
士、龜長老和虎貓長老也相視一笑，滿意地點了點頭。

　　緊接着，伶俐的田鼠弟弟也不甘示弱。他輕快地跳上演
講台，頑皮的向大家揮了揮手，真誠而陽光的笑容打動了在
場的觀眾。

嗨！各位朋友！

大家好！

我是田鼠弟弟，我是一個活潑可愛、聰明幽默、積極樂觀、快樂又善於溝通，並且願意為大家服務的人。今天我來競選"家族代言人"一職。

大家可能覺得，我並沒有哥哥穩重，可是我更加年輕，想法也更加新穎。不是嗎？而且我心態很好，總能把壞事變成好事。還記得我曾經幫助小田鼠們把廢舊的藤條編織成小搖牀，讓小田鼠們可以盡情地曬太陽；還有，上一次為了爭奪新鮮的葉子，我們和負鼠家族大吵起來，最終還是我想了巧妙地辦法，化解了這一爭鬥，從此我族更是多了一位朋友。

我愛我們的家族，我非常渴望做我們家族的代言人，也非常珍惜能擁有這次展示自我的機會，我將全力以赴。即使成功了也不驕傲；失敗了也不氣餒。

我的想法和創意可不僅有這些呢！如果我當選了代言人，我一定會給田鼠家族帶來一種不一樣的生活呢！因為我不怕困難，不怕輸，我深信，只有經歷過一次次的挫折和失敗才能真正成長，所以，我勇於迎接各種挑戰。

謝謝大家！記得投我一票哦！

　　田鼠弟弟話音一落，掌聲如潮。是呀，誰不喜歡這樣活潑可愛的代言人呢？貓頭鷹博士、龜長老和虎貓長老也被田鼠弟弟這風趣幽默的話語逗樂了。

　　這下子，貓頭鷹博士、龜長老和虎貓長老可犯了難。兄弟倆的演講稿難分高下，都能開門見山，觀點鮮明；也都能貼合主題，符合情景。一個邏輯清晰有條理，另一個新穎有趣，引人入勝。那麼應該選擇誰呢？

　　遇到這種事情，三位德高望重的長者真是不知如何是好。他們起身打開電腦，上網查找演講稿的資料，希望能夠為他們的選擇帶來幫助。

演講稿

　　演講是指在比較正式的場合裏，面對群眾公開講話；有時候是為了滿足某些活動程式上的需要，有時則為了傳遞資訊、陳述觀點、説明道理，以達到遊説、辯解等等不同的目的。例如：演講比賽、典禮致辭、主題講話、競選演説、法庭陳述……可謂林林總總，不勝枚舉。

　　完整的講話文稿就是演講辭，也稱為演説辭。它是在某些公眾場合發表的講話文稿，分**開頭**、**主體**、**結尾**三個部分，其結構原則與一般文章的大致一樣。

　　演講稿是進行演講的底稿，是人們在工作和社會生活

格式

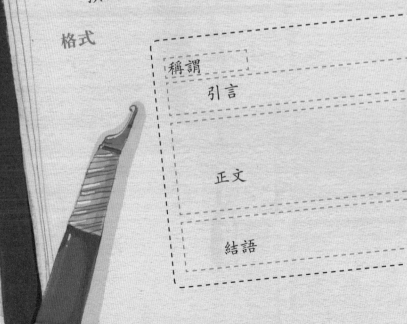

稱謂

引言

正文

結語

中經常使用的一種文體，具有以下特點：

- 有時間限制；

- 為了闡述某一問題；

- 有一定的鼓動性和說服性。

在寫作時要注意：

1. 先稱呼在場的聽眾，包括一些身份比較特殊的人物以及其他觀眾，稱呼的時候應該注意排名的先後次序；

2. 內容要貼近生活；

3. 情感上要能打動觀眾；

4. 根據特定場合及參與者的背景斟酌用詞；

5. 口語化。

　　看完資料，龜伯伯小聲地和貓頭鷹博士、虎貓長老商量着，而此時台下的觀眾也開始爭論起來。

　　有的說："我喜歡田鼠哥哥的演講，因為他的演講稿嚴謹而具體，有說服力！"

　　又有的說："可是田鼠弟弟的發言貼近生活，能和我們在情感上取得共鳴呀！"

　　……

正當大家正談論得火熱，龜長老慢吞吞地走上了台。

"各位觀眾！感謝田鼠兄弟倆的精彩演講。由於兩人的演講稿內容豐富，能夠靈活運用演講技巧，並且能夠展現自己的風格。所以，我們決定……"說到這兒，台上台下鴉雀無聲，期待着最終的結果，"我們決定，由田鼠兄弟倆共同成為家族代言人！"

結果一出，場內歡呼一片。田鼠兄弟對這個結果也非常滿意，他們互相擁抱，彼此拍了拍肩頭。

相信在未來的日子裏，田鼠兄弟可以互相取長補短，共同完成家族代言人這個使命。

盛夏的森林美不勝收,遠遠望去一片濃綠蒼翠。陽光透過雲幕,灑在層層迭迭的樹葉上,光影斑駁。森林裏的小夥伴三五成群的嬉戲玩耍,一派祥和喜悅。

不過,這會兒森林長老議政廳裏可忙了。因為委員們正在討論如何發佈田鼠兄弟擔任田鼠家族代言人這一消息,大家各抒己見,你一言我一語地商量了好一陣子也定不下來。

討論到最後,就剩下兩方意見——秘書熊長老認為貼通告合適,而文化部貓頭鷹博士則認為重大的事情應該發佈公告。

龜長老聽了兩人的意見想了想問道:"嗯,通告和公告有甚麼不同麼?"

貓頭鷹博士微笑着解釋:"公告是政府、團體對重大事件發佈的通告,發佈範圍具有廣泛性,而通告則是有指定的通知物件。"

熊長老一下子摸不着頭腦,睜大了眼睛問:"您能再具體一點解釋嗎?"

"呵呵，比如你的學校發出的家長通告就是學校指定給你的爸爸媽媽閱讀的；你的社區今晚停電的通告就是社區務業處給社區的住戶看的。而田鼠兄弟當選家族代言人則是向全體森林成員宣佈的，由於事情比較重要，要由官方來宣佈。這下你明白了嗎？"

雖然貓頭鷹博士細心講解，可是熊長老和在座的官員好像都似懂非懂，大家你看看我，我看看你。於是，為了讓大家更加清晰地了解兩者的區別，貓頭鷹博士順手在黑板上畫了一個表格。

	通告	公告
概念	公佈社會各有關方面應當遵循或者周知的事項的公文文體	國家權力機關、行政機關向國內外鄭重宣佈重大事件和決議、決定時所用的一種公文。
發文者	社會團體、機構（學校，務業處，公司等）	政府，權威部門
告知範圍	有指定告知範圍	廣泛告知

"哦！原來是這樣，的確發佈公告是最好的選擇。"熊長老和官員們紛紛點頭。

　　"那麼，公告的寫法和格式是怎樣的呢？"熊長老問道。

　　"一般來説，公告分為標題、正文和落款。撰寫時要注意幾點：一、事理要周密；二、條理要清楚；三、語言要簡潔。"貓頭鷹博士簡單解説了一番，並拿出一份筆記讓大家參考。

公告

　　公告以公佈政策、傳達資訊為主要目的，用來發佈重大事件或消息，故**重於通告**。

　　公告是"公開"告知。主要是通過新聞媒體（報紙刊登、電台廣播、電視傳播）及公開張貼的方式，直接傳送，廣泛且莊重告知，最好是**家喻戶曉**。

　　內容通常都包含標題、正文、結束語、下款和月期五部分。由於內容較單一，故行文必須簡明扼要，篇幅簡短，語言簡潔、莊重、概括，應該儘量簡明通暢。

格式

XXX 公告
第 X 號
正文
部門蓋印
發文日期

　　大家齊心協力，在貓頭鷹博士和森林長老議政廳成員的共同努力下，公告終於新鮮出爐，張貼在森林公告欄中，同時刊登在森林公報上。

　　不一會兒，森林公告欄前便聚集了許多小動物，好不熱鬧。

　　這一消息很快傳遍了整個森林。

森林長老議政廳公告

第十五號

　　經過森林長老議政廳的討論，即日起田鼠兄弟為田鼠家族代言人，代表田鼠家族參與森林事務，幫忙維持森林治安。

森林長老議政廳

二零一七年六月二十日

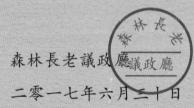

給大家報告一個好消息，田鼠兄弟同時成為田鼠家族的代言人了。

真的？太好了。

 記得要在稱呼後面加上冒號。

這消息千真萬確，我也剛收到媽媽的短訊。

 太棒了，他們兩個我都喜歡。

是，兩個孩子都很盡責。

 相信他們兄弟倆能給我們帶來些新景象。

喵～

 老鼠弟弟，你幹甚麼學貓叫？

太興奮了唄！

大家都希望田鼠兄弟可以為田鼠家族和整個森林貢獻自己的力量，為森林帶來活力。